짧다

시작시인선 0448 짧다

1판 1쇄 펴낸날 2022년 11월 15일
지은이 김선태
펴낸이 이재무
기획위원 김춘식, 유성호, 이형권, 임지연, 홍용희
책임편집 박찬세
편집디자인 민성돈
펴낸곳 (주)천년의시작
등록번호 제301-2012-033호
등록일자 2006년 1월 10일
주소 (03132) 서울시 종로구 삼일대로32길 36 운현신화타워 502호
전화 02-723-8668
팩스 02-723-8630
블로그 blog.naver.com/poemsijak
이메일 poemsijak@hanmail.net

ⓒ김선태, 2022, printed in Seoul, Korea

ISBN 978-89-6021-676-1 04810
　　　 978-89-6021-069-1 04810(세트)

값 10,000원

짧다

김선태

천년의 시작

시인의 말

너의 고백이 너무 길어서
짧다.

나의 사랑이 너무 간절해서
짧다.

짧아야 한다.

차 례

시인의 말

해　설

제1부

있다

평생토록 지은 집이
못마땅해 부숴 버렸더니
비로소 마음에 드는 집이 생겼다

이제 내 안에 집이 있으니
바깥엔 집이 없어도 되겠다

마음대로 드나들 수 있도록
사방팔방으로 뚫려 있는 집
정신의 뼈대만 앙상한 집이

없으니까 있다

心

마음 心 자에는 낚싯바늘이 하나 있다
잘만 하면 세상을 낚을 수 있지만
잘못하면 심장이 꿰일 수 있다

만월 1

밤하늘이 캄캄한 우주의 똥구멍에서 눈부신 알을 꺼내 놓으면
그 알을 깨고 나온 빛의 자식들이 천 개의 강에서 뛰어논다

만월 2

가을밤 하늘에 걸어 놓은 우주의 둥근 화두
저 황금빛 말씀 온전히 읽어 낼 이 누구신가?

우주의 바깥에서 동그란 구멍으로 눈을 들이밀고
캄캄한 속내를 환히 들여다보는 건 또 누구신가?

초승달

　저녁상 물리신 하느님이 동산 위에 느긋하게 팔을
괴고 누워 씨익, 웃고 있다

별

눈망울 초롱한 애인은 죽어 밤하늘에 별이 되었다

죽어서도 잠들지 못하고 영혼의 눈 깜박이고 있다

빛이 아닌 그녀의 울음소린 아직 도착하지 않았다

천둥

하느님도 부부싸움 할 때가 있나 보다

우르릉~ 크르릉~ 와장창~ 꽝

종일토록 시끄럽다

우주의 민폐다

번개

하늘이 두 쪽 나며 새로운 세상이 열린다
번쩍, 빛의 회초리로 내려치는

후
천
개
벽
!

무지개

오늘은 하느님이 일곱 색깔 비단옷을 걸치셨다

저 햇빛과 물방울로 촘촘히 뜨개질한 아우라

천의무봉이다

저녁 무렵

바닷속으로 늙은 해가 빠져 죽자마자
하늘에선 어린 별들이 새로 태어났다

밥그릇과 무덤

밥그릇과 무덤은 닮았다
밥그릇을 엎으면 무덤이 되고
무덤을 뒤집으면 밥그릇이 된다

엎었다 뒤집다를 반복하는
우리들 생사의 리듬

밥그릇과 무덤을 합하면 원이다
둥글게 돌아간다

젖가슴과 밥그릇

어머니의 젖가슴은
자식의 밥그릇이다

아이 땐 고봉밥이었으나
커 갈수록 줄어들다가
어른이 되면 홀쭉하다

어머니의 젖가슴은
결국 텅 빈 밥그릇이다

단짝

다사로운 봄날 돌담 길을
늙은 할아버지와 어린 손자가 꼬옥 팔짱을 끼고
서로 뭐라 뭐라 주고받으며 아장아장 걸어간다
순진무구의 시작과 끝인 저들은
세상에 둘도 없는 단짝이다

임종

동전 한 닢이 한순간 얼굴을 바꾸었다

섬광

칠흑의 밤바다에서 건져 올린 농어가
바늘을 빼는 나를 빤히 쳐다본다

삶의 극단에서 마주치는
저 섬광의 눈빛,

나는 전율했다

제2부

꽃씨

숲에서 날아온 꽃씨 하나
도심 고층 건물 옥상에
간신히,
착지한다

치지지직,

첨예한 불협화음이 핀다

코로나

인간人間에서 사람 인人이 떨어져 나가고
사이 간間만 남았다
자승자박이다

너희들만 살려고 하지 마라 우리도 살아야 한다
너희들이 변하지 않는 한 이 전쟁은
끝나도 끝난 게 아니다
결코

쓰레기

바닷가에서 쓰레기를 줍는데
쓰레기들이 모여 외쳤다

버린 자가 쓰레기라고
그 몸속으로 되돌아갈 거라고

돈

누구도 손을 내밀지 않을 수 없고
누구도 허리를 굽히지 않을 수 없는

무소불위 권력 서열 일 위요
인간만이 떠받드는 진정한 신이다

귀

온갖 소리를 들어 줘야 하는
귀는 얼마나 시끄러울꼬 뚫린
귀는 또 얼마나 기가 막힐꼬

해안선

서해를 옆구리에 끼고
천천히 자전거 페달을 밟는다

자연의 길은 구불구불해서
앞만 보며 내달릴 수 없다

생각을 유연하게 구부려야
몸과 마음도 해안선이 된다

알

겉으론
모난 데 하나 없이 둥글지만
속으론
발톱이며 부리며 날개며
온갖 생의 무기를 벼리면서
싸움터에 나갈 준비 하는
저 정중동의
대장간

말의 고체성

귀가 말의 무덤이라지만
어떤 말은 목구멍을 타고 넘어가
비수로 폐부를 찌르거나
총알로 심장을 관통하고도
살아서 증식한다

타살

사람 사는 세상 모든
죽음은 자살이 아니라 타살이다

거리에 칼들이 걸어 다닌다
공중에 칼들이 날아다닌다

누구나 칼에 찔려 피 흘린다
나는 너를 겨누는 칼이다

낙엽들끼리

산다는 것은 함께 바스락거리는 것이다

관계

세상에 나와 같은 너는 없다

수인囚人

감옥에 갇혀 있구나 평생토록
스스로 만든 감옥에 갇혀 있구나

아, 나라는 감옥
치명적인

독毒

매혹적인 것들은 죄다
독성이 있다

독에서 빠져나오려면
독이 필요하다

목숨을 걸어야 한다

눈

왜 눈은 두 개일까
좌우를 두루 보아야 하기 때문이다

왜 뒤에는 눈이 없을까
뒤에는 마음의 눈이 있기 때문이다

하나로는 부족하다
네가 있어야 비로소 내가 있다

귀버섯

늙은 참나무가 제 몸에
귀 같은 버섯을 다는 것은
자기가 하는 말에
제발,
귀 기울여 달라는 최후의 신호다
그걸 모르고 사람들은
그만 떼어다가 삶아 먹으니
아프기 전 귀가 막힌다

제3부

새순

삐죽삐죽 돋아나는 아이의 송곳니
머잖아 허공을 푸르게 물어뜯을 것이다

봄 1

산방의 계단을 걸어 올라오는
봄의 발자국 소리 들린다

어서 마중 나가야겠다

봄 2

오늘은
멀리서 천리향이 찾아오셨다

그 향기의 손을 잡고
봄나들일 다녀왔다

큰개불알풀

누가 이 봄날 변두리 공터에 푸른 하늘 은하수를 흘려 놓았나

수련

전생의 깊은 잠에서 깨어난
너의 한 소식이 피었다

자귀나무꽃

수피아*들이
초록 무성한 가지에 앉아
연분홍 폭죽을 터뜨리고 있다
치직 치지직,
불꽃놀이 하고 있다

* 수피아 : '숲의 요정'을 뜻하는 순우리말.

동백꽃

동백은 세 번 꽃을 피운다

나무에서 한 번
땅바닥에서 한 번
그리고 기억 속에서 한 번

소쇄원 대숲

비는 하늘에서만 내리는 것이 아니다

소쇄원 대숲에 들면 청명한 날에도 푸른 비 쏟아진다

혼탁한 정신을 맑게 깨우는 죽비로도 후려친다

마음속까지 장대비 줄기차다

피아골 계곡

낮에는 단풍이
물감 놀이 하고
밤에는 별빛이
멱 감으며 논다

강변 수묵

새벽이 되자 동살*은
어슴푸레한 수묵화 한 폭을 꺼내 놓는다

잉어 한 마리 튀어 오르자
잠 깬 강물이 둥글게 하품하며 기지갤 켠다

* 동살: 새벽에 동이 트면서 환하게 비치는 햇살을 뜻하는 순우리말.

낙화

꽃의 시간 속엔
초침이 들어 있다

째각째각,

저무는
찬란한 생의 한때

대한 1

온종일 골목골목마다
칼 든 바람들이 우우우 몰려다니고
뒤란 대나무 잎새 쏴아아 부대끼며 울면
먼 산 고갯마루 못 견디게 눈발이라도 치는지
밤이 깊을수록 하얗게 야위어 가는 창호지
머리맡 물그릇에 파르르 떠는 사랑이여
잠든 것들의 이름을 위해
긴 편지를 쓰는

대한 2

눈 덮인 들녘 논두렁 쥐구멍 속
들쥐 가족 서로 몸을 포개고 잠든 일이여

먼 옛날 오두막집 문풍지 우는 밤
어미 품을 파고들던 어린것들의 겨울나기여

등꽃

가난한 오두막집에는
고개를 모로 틀고 몸을 배배 꼬는
누이가 살았다

심장판막증까지 겹쳐 입술이 파랬다

달방

한 달에 한 번씩 달이 자고 갔다
지붕에는 늙은 박 내외가 살았다

겨울바람이

겨울바람이
어미의 치맛자락을 붙들고 필사적으로 매달린다
생이별한 아이의 울음소리가 겨울 한복판을 길게
찢는다

고향 생각

고향에서 고향 생각하지 마라

그리움은 부재와 결핍이 피워 올리는 뭉게구름

사랑하는 이여

없어야 간절하게 있고, 멀리 있어야 가까이 보인다

요력도*

썰물처럼 죄다 빠져나갔습디다

밀물처럼 다시 돌아오지 않습디다

노파 한 분만 남았습디다

요력도가 되어 남았습디다

* 요력도: 전남 신안군 안좌면에 딸린 작은 섬.

제4부

손 타다

발이 아닌 손에는
불이 들어 있나 보다

순수한 것들은
손을 타면 버려진다

아,
나는 너의 손을 탔다

월식

너의 입술이
나의 입술을 덮친다

윗입술이 뜯겨 나가도록
캄캄하게 아픈 사랑

너의 입술 자국이
아직도 그대로다

이명

언제부터인가
너는 매미 울음소리로 내게 돌아와
귓속 깊숙이 세 들어 살며 자지러지게 운다

그 울음소리 꺼 버릴 수 없다
평생토록

가을

햇빛의 수염이 까칠하다

먼 골짝을 되돌아오는 메아리도 얼굴이 야위었다

다리를 다친 바람이 하나 절뚝이며 지나간다

우적雨滴

한밤중
토란잎에 듣는
빗소리

멀리서
나를 두드리는
너의 소리인가

달맞이꽃

약속한 보름밤인데도
달은 구름 속에서 나오지 않았다
안색이 어두워진 달맞이꽃
수직으로 문을 걸어 닫는다

기다림이 천 길 낭떠러지처럼
깊다

혼자

파도만 종일 울부짖는
외진 바다 기슭에
갯고둥이 살고
저 혼자서 살고

너 떠나간
마음의 빈방엔 아직도
네가 살고
사무치게 살고

낭자하다

네가 내게로 왔던 발자국 위로 비가 내리고
빗방울들이 낙인처럼 찍힌 발자국들을 잘게
물어뜯으며 오열하고 있는 걸 본다
아스팔트 위로 검은 추억이
낭자하다

산방

또르르르,
양철 지붕에 동백 알
구르는 소리에 놀라
잠이 깨다

스르르르,
문을 열면 먼 산 초록이
눈에 시리다

물소리 한 잔

산속에 숨어 사는 그가
계곡 물소리 한 잔을 따라 준다

세속 잡음으로 시끄러운 귓속이
정갈하게 씻겨 내려간다

자울자울

낚시꾼이 낚싯대를 드리운 채
자울자울 조는 사이

쑤욱,
초릿대가 물속으로 처박힌다

저런,
물고기가 낚시꾼을 낚았구나!

복어

볼록한 배가
복주머니 같아서
복주머니 속엔
독이 들어 있어서
죽더라도 먹고 싶은
치명적인 맛
복복복
복어

기형도

동갑내기 기형도를 읽는 밤
겨울비 하염없다

누군가
짧은 생애를 끌고 골목길을 획, 지나가 버린다

찬 손

혼자 사는 자의 호주머니 속은 깊다

찬 손이 나란히 꽂혀 있다

단출한 외로움이 산다

독거

혼자 사는 자의 집 마당에
오동나무 한 그루 서 있다

날마다 제 그림자 부려 놓고
종일토록 들여다보며 논다

해 지자 오동나무는 조용히
그림자를 제 속으로 거둔다

밤낚시 1

어떤 날은
마음의 심연을 헤엄쳐 다니는
시를 낚았다

밤낚시 2

오늘은 밤새도록
달빛이 수면 위에 쓴 휘황한 문장만 읽었다

밤낚시 3

낚시의 종국은 내가 나를 낚는 것이다

내공으로 벼린 단검短劍의 시편들

이경철(문학평론가)

> 너의 입술이/ 나의 입술을 덮친다// 윗입술
> 이 뜯겨 나가도록/ 캄캄하게 아픈 사랑// 너의
> 입술 자국이/ 아직도 그대로다
> ─「월식」 전문

짧고 찰지게 아득한 울림을 주는 시

김선태 시인의 이번 신작 시집 『짧다』에 실린 시편들은 제목처럼 짧다. 한 행에서부터 길어 봤자 대여섯 행이다. 대자연, 우주 운항의 섭리와 일치되고픈 삶에서 나온 통찰이 생생하고도 깊다. 그런 통찰을 극도로 압축한 시편에 담았으면서도 쉽고 친근하게 독자에게 안겨 든다.

시인의 시선에 잡힌 것들, 내면 풍경이나 자연과 대상들이 펄펄 살아 있다. 적확한 묘사와 정제된 언어로 기운생동氣韻生動하며 온 우주 삼라만상이 한 식구임을 짧고 선명하게 드러내 감동을 주고 있는 게 이번 시집의 특장이다.

이번 시집의 그런 특장이 잘 드러나 이 글의 제사題詞처럼 맨 위에 올려놓은 시「월식」을 보시라. 둥근 달이 지구의 그림자에 가려 차차 먹혀 가다 입술만큼만 보이는 월식月蝕을 제대로 보여 주고 있지 않은가. 그런 우주적 현상에서 시인은 전생인 듯 옛사랑의 추억을 들여다보고 있다. 아니 그런 아픈 사랑을 우주적으로 생생하게 확산시켜 나가고 있다. 개인의 삶과 사랑도 그렇고 우주도 그러함을 짧은 시편 속에서 구체화하여 생생하게 각인시키며 아득한 울림을 주고 있으니 말이다.

이번 시집을 펴내며 시인은 "너의 고백이 너무 길어서/ 짧다.// 나의 사랑이 너무 간절해서/ 짧다.// 짧아야 한다"고 했다. 한 편의 짧은 시처럼 읽히는「시인의 말」에서도 '짧음'을 강조하고 또 강조하며 짧은 시의 필요성을 역설하고 있는 듯하다. 그렇다. 시는 짧아야 한다. 수필이며 소설 등 다른 문학 장르와 비교할 때 시의 본질, 장르상의 존재 이유는 쉽게 말해 짧은 데 있는 것 아니겠는가.

동서고금 모든 시의 정수요 정체성인 서정시에 대한 분분한 논의를 점검하기 위해 캐나다 토론토대학에서 서구 현대시 이론가들이 모여 '서정시와 신비평을 넘어'라는 주제로 세미나를 가진 적이 있다. 그 세미나에서 시의 시성詩性, 시다움에 대한 합의점에 도달한 것은 '길이가 짧아야 한다'는 점뿐이었다. 주지하다시피, 서정시의 언어는 비지시적이며 의미가 명확히 고착되지 않은 불명료한 열린 언어다. 문장적 측면에서는 문법, 문맥의 통제에서 이완돼 있다. 의미와 문장보다는 시구와 음향, 리듬, 이미지 등이 복합적,

심미적으로 강력하게 작용하는 게 시다. 또한 특수하고 명확한 정조를 현재화, 구체화해야 하고 그 정조에 시인 자신을 일치시켜야 한다. 즉 시적 화자와 자아가 일치돼야 한다. 서정시는 낭만주의적인 주관 표출로 유토피아적인 비전을 전문화시킨 장르다. 무엇보다 구조는 단순하고 길이는 짧아야 하는데도 심미적 복합성을 지녀야 시의 정수인 서정시에 이를 수 있다는 게 기존의 연구에서 밝혀진 서정시의 특성과 서정적 자질의 대강이다. 그럼에도 불구하고 '길이의 짧음'에만 시론가들이 유일하게 만장일치로 동의할 정도로 실제 시에서 서정시의 특징을 끌어내어 유형화를 도출하는 일은 지난하고 위험하다. 서정시의 세계는 그만큼 포괄적이기 때문이다.

하지만 다시 한번 강조하거니와 서정시의 장르적 특성은 내용과 형식의 응축과 집약에 있기에 길이가 최소한으로 짧아야 한다는 점이다. 길어지면 시적 응집력과 서정의 농도가 떨어지며 그만큼 시적 긴장도, 감동의 울림도 떨어지기 마련이기 때문이다. 김선태 시인도 이 너무도 당연한 사실을 다시금 확인하고 또 강조하고 있다. 왜? "너의 고백이 너무 길어서" 시는 짧아야 한다는 것이다. 실제로 작금의 우리 시단에는 어법의 새로움과 복잡다기한 현대성의 반영이라는 명분으로 가장한 채 독자와 잘 소통되지도 않는 긴 고백의 시편들이 쏟아져 나오고 있다. 또 그런 시만이 최상이고 마땅한 것처럼 주류를 형성하고 있다. 소위 유력 문예지들에 실리는 시편들을 보면 한 페이지를 훌쩍 넘기는 것은

상례이고, 두세 쪽까지 나가기도 한다. 신춘문예나 유수 문학상 수상작들도 대부분 그렇다.

그래서 이제 시인을 꿈꾸는 이들에게 짧은 시를 쓰라고 권하기가 두렵다. 그런 시들이 도무지 먹히지 않는 우리 시단의 현실을 들어 대들면 딱히 할 말이 없어 암담한 적이 한두 번 아니다. 짧고 야무진 시를 쓰던 중견급 시인들마저 장황하고 난삽한 긴 시 쪽을 흘끔흘끔 눈치 보며 넘어가고 있는 마당에 정말 시의 시성을 말하기가 겁난다. 독자들은 그게 아닌데, 시단 권력의 눈치를 보며 일반 독자들을 시와 멀어지게 하는 마스터베이션 시단이 문제인 것이다. 이러한 때 시집 제목을 과감하게 '짧다'로 잡고, 짧으면서도 둔중하고 긴 울림을 주는 시편들을 과감하게 선보이고 있는 이번 시집이 반갑고도 믿음직스럽다.

내공의 중심서 역동적으로 터져 나오는 짧은 시

평생토록 지은 집이
못마땅해 부숴 버렸더니
비로소 마음에 드는 집이 생겼다

이제 내 안에 집이 있으니
바깥엔 집이 없어도 되겠다

마음대로 드나들 수 있도록
사방팔방으로 뚫려 있는 집
정신의 뼈대만 앙상한 집이

없으니까 있다

—「있다」 전문

이번 시집의 서시 격으로 맨 위에 올린 시다. 오랜 시작詩
作 체험을 통해 시가 왜 짧아야 하는지를 '집'을 통해 밝히고
있는 시로 내겐 읽힌다. 해서 짧은 시의 내공과 덕목과 효
험을 드러내며 짧은 시편들로 이어지는 이 시집을 이끌고
갈 힘이 있어 맨 위에 올렸을 것이다.

시인은 평생토록 집 한 채 반듯하게 짓듯 시를 써 왔다.
반듯하게 지으려면 지을수록, 뭔가 더 채우면 채울수록 뭔
가가 어긋나는 것 같고 허전하게 비어 감을 느꼈을 것이다.
그래 그런 반듯하게 꽉 찬 집을 부숴 버렸다. 그랬더니 바
깥이 아닌 시인의 마음속에 집이 지어지더라는 것이다. 이
러저러한 생각들도, 삼라만상 모두도 한 가족이 되어 마음
대로 드나들 수 있는 집이 됐다는 것이다.

어찌 시 쓰는 것만 그렇겠는가. 우리네 마음 씀씀이도 다
비워야 자유자재로 채워지는 것 아니겠는가. '없으니까 있
음'을 체득한 그런 내공이 숭숭 뚫려 있어 "정신의 뼈대만
앙상한" 짧은 시, 그래서 사방팔방으로 바람 드나들듯 소통
하는 시를 쓰게 된 것이다.

햇빛의 수염이 까칠하다

먼 골짝을 되돌아오는 메아리도 얼굴이 야위었다

다리를 다친 바람이 하나 절뚝이며 지나간다
　　　　　　　　　　　　　　　　　—「가을」 전문

　3행으로 된 짧은 시다. 각 행을 한 연으로 잡은 넓은 여백
에서 천지에 미만한 삽상하고 쓸쓸한 가을 정서가 팽팽하게
서로 소통하고 있다. 각 행의 주인인 '햇빛'이며 '바람', 그리
고 '메아리' 등 무생물 모두가 의인화되어 생동하고 있다. 휑
하니 비어가는 하늘 아래 모든 것이 떠나가는 계절, 가을의
우주적 심상을 살가운 감각으로 죄다 드러내고 있다. "까칠
하"고, "야위"고, "절뚝이며 지나간다"는 동사형 감각으로
움직이게 하며, 그런 가을의 정서와 인생의 계절 가을로 접
어드는 시인의 심사를 온전히 투영시켜 가고 있다.
　시를 압축, 정제했기에 가능했을 것이다. 미주알고주알
길게 다 드러내려 했다면 되레 구차했을 것을, 짧았기에 이
리 산뜻하게 보여 줄 수 있었을 것이다. 이번 시집에서 시
인은 이렇듯 짧아서 세계의 정곡正鵠에 가닿는 시를 선보이
려 많은 힘을 기울이고 있는 것으로 보인다.

　수피아들이
　초록 무성한 가지에 앉아

연분홍 폭죽을 터뜨리고 있다

치직 치지직,

불꽃놀이 하고 있다

—「자귀나무꽃」전문

여름 되어 무성할 대로 무성한 초록 잎새에서 실낱처럼
가닥가닥 피어나는 자귀나무꽃을 묘사한 시다. 시인이 시
끝에 붙인 각주대로 '수피아'는 '숲의 요정'을 뜻하는 순우리
말이다. 그런 예쁜 우리말을 찾아내어 고 조그마한 요정들
이 "치직 치지직" 불꽃놀이 한다며 한여름 태양이 가장 길
고 높이 뜬 날 불꽃놀이 하지제夏至祭를 짧은 시로 벌이고 있
다. 이런 짧고 역동적인 시편들로 대자연과 일치돼 가며 우
주적 정취를 확산시켜 가고 있는 이번 시집이 『짧다』이다.

마음 心 자에는 낚싯바늘이 하나 있다

잘만 하면 세상을 낚을 수 있지만

잘못하면 심장이 꿰일 수 있다

—「心」전문

마음 '심心' 자를 소재로 하여 쓴 일종의 글자시다. 심 자
는 한자 글자꼴이 낚싯바늘 같다. 시詩도 그런 마음 심 자처
럼 세상을 낚는 낚시와도 같은 것일 게다. 하지만 시는 낚
시와 달리 시인의 심장이 먼저 세상에 꿰여야 세상을 낚을
수 있다. 우주의 캄캄한 속내를 환히 들여다보고 그것들과

한 몸으로 통할 수 있는 내공이 있어야 우주를 낚고, 독자들도 꿸 수 있는 것이다.

그런데도 요즘은 전할 수 없는 자신의 마음만 낚고 꿰며 하염없이 길어지는 불통의 시편들이 너무 많다. 그래서 독자들도 그런 불통의 긴 시편들로부터 많이들 떠나고 있는 것이다. 이런 작금의 시단을 반성하며 김 시인은 시인과 독자와 우주의 심장을 하나로 꿰어 낚을 수 있는 짧은 시편들에 온몸을 던지고 있음을 위 시는 잘 보여 주고 있다.

동사형으로 기운생동하는 우주의 구체적 심상들

> 밤하늘이 캄캄한 우주의 똥구멍에서 눈부신 알을 꺼
> 내 놓으면
> 그 알을 깨고 나온 빛의 자식들이 천 개의 강에서 뛰어
> 논다
>
> ―「만월 1」 전문

제목대로 보름 달밤을 그려 놓은 위 시는 '월인천강月印千江'이란 고단위 불교 개념을 즉물적으로 보여 주고 있다. 천상의 달빛이 지상의 천 개 만 개 강물을 다 비추듯 부처의 평등한 현현顯現과 교화敎化를 이미지로만 그려 놓아 우주를 아연 기운생동하게 하고 있는 시다.

짧은 시와 종교나 철학의 에피그램, 경구가 다른 점은 구

체성에 있다. 우리네 삶에서 묻어난 구제적 이미지나 기운이 동하기에 시나 문학은 종교나 철학을 포괄하는 윗것이 되는 것이다. 이렇듯 김 시인의 짧아서 좋은 시편들에는 그런 구체적인 기운이 생동하고 있다.

독일의 문예이론가 볼프강 카이저는 역저 『언어예술작품론』에서 "시에서 진리는 스스로, 그리고 보편타당성 있게 표현되는 것이 아니고 무엇보다도 자아의 심혼과 확연한 생활에서의 타당성 안에 표현되는 것"이라고 했다. 바로 지금 여기의 구체적 정황에서 자아와 세계가 통하는 내적 경험이 구체적으로 결정結晶된 것이 시이기에 격언이나 잠언, 화두 등 아포리즘의 무시간성, 추상성을 뛰어넘어 기운생동하며 감동을 주는 것 아니겠는가.

새벽이 되자 동살은
어슴푸레한 수묵화 한 폭을 꺼내 놓는다

잉어 한 마리 튀어 오르자
잠 깬 강물이 둥글게 하품하며 기지갤 켠다

—「강변 수묵」 전문

네 행 두 연으로 된 짧은 시다. 새벽안개 자욱한 연못에 동살이 터 오자 튀어 오르는 잉어를 담백한 언어로 그려 놓은 한 폭의 수묵화다. 시로 읽든 그림으로 보든 기운생동이 일품인 작품이다. 잉어 한 마리, 아침 첫 햇살, 강물 등 우

주 삼라만상이 서서히 깨어나 도약하고 있지 않은가. 모나
지 않고 둥글게 둥글게 한 가족처럼.

> 겉으론
> 모난 데 하나 없이 둥글지만
> 속으론
> 발톱이며 부리며 날개며
> 온갖 생의 무기를 벼리면서
> 싸움터에 나갈 준비 하는
> 저 정중동의
> 대장간
>
> —「알」전문

　알을 사실적으로 그리고 있는 시다. 눈에 보이는 겉과 속
을 나눠 있는 그대로를 묘사하고 그리며 시인의 내면세계,
정신세계의 지향점까지 드러내고 있는, 뼈대 있는 시다. 겉
보기엔 둥글지만 속으론 "무기를 벼리면서/ 싸움터에 나갈
준비"를 하는 알에서 잘못된 세계를 바로잡으려는 현실주
의 시로 읽어도 좋을 것이다. 거기에 덧보태 외유내강外柔內
剛의 정신세계로 읽어도, 시인과 우리네 올바른 삶의 자세
로 읽어도 좋을 시다.
　무엇보다 '정중동靜中動'을 주제로 내세워 모난 데 없이 둥
근 정의 세계이지만 움직이는 동, 기운생동을 잡아내고 있
는 시인의 내공이 돋보인다. 우주와 우리 인간을 포함한 삼

라 만상은 모두 다 그렇게 둥글면서도 부지런히 제 할 일, 운
동을 하는 게 삶과 우주의 본질인 도道가 아니겠는가.

가을밤 하늘에 걸어 놓은 우주의 둥근 화두
저 황금빛 말씀 온전히 읽어 낼 이 누구신가?

우주의 바깥에서 동그란 구멍으로 눈을 들이밀고
캄캄한 속내를 환히 들여다보는 건 또 누구신가?
　　　　　　　　　　　　　　　　　　　—「만월 2」 전문

　가을 하늘에 뜬 보름달을 '우주의 화두'로 보고 있는 시
다. '화두話頭'란 참선을 할 때 깨달음에 이르기 위해 붙잡고
있는 물음을 뜻하는 불교 용어다. 고대 그리스 철학자 소크
라테스가 주문한 '너 자신을 알라'는 그 유명한 말도 우리 인
간에게 던진 영원한 화두일 것이다.
　우리 인간도 물론 속한 우주가 내건 화두, 우주의 섭리를
알기 위해 시인은 오늘도 시를 쓰고 있다. 시와 화두가 물
으며 가는 지향점은 같지만, 그 방법은 다르다. 화두는 추
상적이고 난해해서 구체적인 답을 찾고 보여 줄 수 없는 물
음에 그쳐야 하지만, 시는 그 답으로 가는 구체적이고 쉬운
길을 어떻게든 보여 줘야 한다.
　두 연으로 나뉜 위 시에서 앞 연에서는 '둥그런 보름달'
이미지로 '황금빛 말씀'의 화두를 형상화하고 있다. 뒤 연에
서는 그런 화두를 풀려는 모습을 "동그란 구멍으로 눈을 들

이밀고/ 캄캄한 속내를 환히 들여다보는" 행위로 구체화하고 있지 않은가.

    전생의 깊은 잠에서 깨어난
    너의 한 소식이 피었다
                                    ―「수련」 전문

  한여름 늪에서 커다랗고 정갈하게 피어나는 연꽃을 읊은 두 행의 시다. 더러운 물에서라도 그 더러움을 다 정화하고 말갛게 피어나는 꽃. 하여 이 우주 삼세三世에서 가장 존귀한 분, 부처님 꽃으로 귀히 여기는 꽃이 연꽃이다.
  그런 연꽃에서 시인은 윤회를 보아 내고 있다. 부처님의 꽃이니 당연히 불교의 한 요체인 윤회가 보일 수 있다. 그런데 후반부 "너의 한 소식이 피었다"는 구체성과 동사형 역동성이 이 이행시를 경구가 아니라 시로 만들고 있다. 특히 불교 용어 '한 소식'을 '너'에 구체적으로 귀속시킴으로써 삼세에 윤회할 우주적 속내와 그리움을 더욱 간절하고 살갑게 낚아내고 있지 않은가.

    저녁상 물리신 하느님이 동산 위에 느긋하게 팔을 괴고
    누워 씨익, 웃고 있다
                                    ―「초승달」 전문

  한 행으로 초승달을 적확하게 묘사하고 있는 시다. 한 줄의 시에 달의 세 장면이 동사형으로 나뉠 수 있어 세 행으로 나눠도 좋겠으나, 쓰윽 한번 쳐다본 초승달의 일관된 이미지를 위해 한 행으로 처리했을 것이다.

1행 시이면서도 이리 이미지가 역동적이어야 기운생동하는 좋은 시가 될 수 있다. 초승달과 그걸 바라보는 시인의 심사가 그런 역동성에 의해 구체적으로 일치되는 실감이 그대로 드러나지 않는가.

누가 이 봄날 변두리 공터에 푸른 하늘 은하수를 흘려
놓았나
―「큰개불알풀」 전문

같은 1행 시인데도 바로 앞에서 살펴본 「초승달」보다 더 짧은 시다. 봄날 변두리 공터에 피어난 큰개불알풀 그 작고 작은 꽃들이 쓸데없는 공터를 아연 광활한 우주로 확산시키고 있다. 은하수 같은 그 꽃들의 역동적이고 구체적인 이미지들로. 이처럼 이번 시집에서 시인은 가장 짧은 1행 시들도 적잖게 선보이며 기운생동하는 우주, 시인의 속내를 정련되게 담아내고 있다.

세태와 문명 비판을 서정화하는 민족 고유의 유장한 정서

썰물처럼 죄다 빠져나갔습니다

밀물처럼 다시 돌아오지 않습디다

노파 한 분만 남았습디다

요력도가 되어 남았습디다

—「요력도」 전문

요력도는 시 본문 밑에 딸린 각주에 따르면, 전남 신안군 안좌면에 딸린 작은 섬이다. 그 섬의 현재 상황을 하염없이 밀고 들어왔다 나가곤 하는 밀물과 썰물로 전하고 있는 시다.

서사의 마디를 압축한 각 행마다 '-습디다'라는 종결어미(남도 방언)로 시적 화자는 남에게 전해 들은 말을 전하듯, 남말하듯 하고 있으나 기실 그런 바다처럼 외로운 시인의 심경을 털어놓은 시로 읽을 수도 있다. 아니 그렇게 읽어야 시가 되고 짧은 시의 맛을 제대로 느낄 수 있을 것이다. 시인은 현대 첨단 문명과 동떨어진 고향 남도에서 외로이 본원적 시혼과 서정을 가꾸며 시인 본연의 본분을 다하려 애쓰고 있다. 저 고조선부터 내려온 정겨운 토속이 켜켜이 밴 향토에서 짧고도 역동적인 내공의 섬광이 빛나는 조선의 진짜 시편들을 쓰고 있다.

김 시인은 1993년《광주일보》신춘문예에 당선되고 1996년『현대문학』의 추천을 거쳐 시단에 나왔다. 지금까지『간이역』『동백숲에 길을 묻다』『살구꽃이 돌아왔다』『그늘의 깊이』

『한 사람이 다녀갔다』『햇살 택배』 등 7권의 시집을 펴내며 정제된 언어와 적확한 묘사의 풍경으로 우리네 가없는 삶의 깊이와 넓이를 보여 주고 있다는 평을 들어왔다.

시인은 남도 땅끝 강진에서 태어나 현재 목포대 국문과 교수로 있는 남도 시인이다. 그래서 남도의 바다와 섬 등의 생동하는 풍경을 통해 남도의 올곧은 정신과 넉넉한 정서로 무장한 삶의 미학을 일관되게 일궈 온 시인이란 평을 듣고 있는 것이다.

> 파도만 종일 울부짖는
> 외진 바다 기슭에
> 갯고둥이 살고
> 저 혼자서 살고
>
> 너 떠나간
> 마음의 빈방엔 아직도
> 네가 살고
> 사무치게 살고
>
> ―「혼자」 전문

그대 떠나고 외로이 혼자 남은 심사를 읊은 연애시로 읽어도 좋을 시다. 외로움과 그리움이 사무치고 있으니, 그런 그리움을 '외진 바다 기슭 갯고둥' 이미지로 드러내고 있으니 남도의 풍경과 서정에서 우러난 시라고 볼 수 있는 것이다.

> 서해를 옆구리에 끼고
> 천천히 자전거 페달을 밟는다
>
> 자연의 길은 구불구불해서
> 앞만 보며 내달릴 수 없다
>
> 생각을 유연하게 구부려야
> 몸과 마음도 해안선이 된다
>
> ─「해안선」 전문

　해안선을 자전거를 타고 가며 쓴 시다. 바다와 땅의 모든 것을 품어 주는 부드럽고 구불구불한 해안선을 달리며 온몸으로 그런 모성과 하나가 되고 있다.그러면서 앞만 보며 내달리는 직선의 현대 문명사회를 비판하는 곡선의 미학이 녹아 있는 시이자 구불구불한 자연의 길, 해안선에 직선으로 길을 뚫고 간척을 하고 각종 개발에 몸살을 앓는 땅과 바다, 자연을 그린 생태 환경시로 읽을 수 도 있는 시다.

> 인간人間에서 사람 인人이 떨어져 나가고
> 사이 간間만 남았다
> 자승자박이다

너희들만 살려고 하지 마라 우리도 살아야 한다

너희들이 변하지 않는 한 이 전쟁은

끝나도 끝난 게 아니다

결코

—「코로나」 전문

코로나−19 바이러스를 화자로 내세워 인간을 질타하고 있는 시다. 인간의 무분별한 자연환경 파괴가 코로나라는 세계적인 괴질을 불렀다는 것이다. 인간만을 위한 인간 제일주의의 문명 정신이 바뀌지 않는 한 우주 자연의 섭리와 인간 사이의 전쟁은 결코 끝날 수 없다. 그러다 종국에는 인간의 패배로 인간은 멸종될 것이라는 경고를 담고 있는 시다.

감옥에 갇혀 있구나 평생토록

스스로 만든 감옥에 갇혀 있구나

아, 나라는 감옥

치명적인

—「수인囚人」 전문

자연과 더불면서도 시인은 인간의 사회와 문명의 감옥에 갇혀 살고 있음을 실감하며 자탄하고 있는 시다. 학습되어 이미 제도화된 인간의 인식과 문화의 틀에 갇혀 본디 삶의 자유분방한 생동력을 잃고 있음을 문득문득 깨닫고 있다.

또한 온갖 번뇌와 고통으로 들끓고 있는 '나'라는 인간 내부의 실존적 한계를 깨닫는 시로도 읽을 수 있다. 그렇다. 나는 나의 감옥인지도 모른다.

이렇듯 김 시인은 고향 남도의 자연 속에서 자연과 더불어 살며 최첨단을 향해 달려가는 문명과 우리 사회에 대한 현실 의식도 잃지 않고 있다. 비판은 하되 자신 먼저 반성하고, 또 우리 민족의 친숙한 정서로 전하고 있어 진정성과 함께 울림도 크다.

본원적 그리움을 우주적으로 확산하는 짧은 시의 위엄

눈망울 초롱한 애인은 죽어 밤하늘에 별이 되었다

죽어서도 잠들지 못하고 영혼의 눈 깜박이고 있다

빛이 아닌 그녀의 울음소린 아직 도착하지 않았다

ㅡ「별」 전문

별을 죽은 애인의 울음소리로 보고 있는 시다. 저 하늘에서 내려왔다 죽으면 다시 하늘로 올라가 별이 된다는 게 천손天孫 민족인 우리네 통념이다. 아니 생시에도 별이나 달을 쳐다보며 그리운 사람을 떠올리는 게 인간의 보편적 심사 아니던가.

그런 우리네 그리움의 보편적 심사를 적확한 공감각적 묘사로 구체화하며 우주적으로 확산하고 있는 시가 「별」이다. "눈망울 초롱한" 애인과 "눈 깜박이고 있" 는별은 눈이 닮았다. 그런 초롱초롱한 눈이기에 눈물이 반짝 비칠 듯 '울음소리'라는 청각적 이미지로 표현하고 있다. 그러나 그 소린 광속보다 음속이 느려서 아직 들리진 않고 보이기만 한다. 하지만 시인은 들리지 않는 소리를 듣는 귀를 갖고 있는 존재인 만큼 이미 마음으로 듣고 있는지도 모른다. 그만큼 이제 '그녀'와는 저 우주 멀리 떨어져 있다는, 그렇게 생사로 갈렸지만 여전히 한통속, 한 사랑이라는 도저한 사랑과 그리움이 가슴을 뭉클하게 하는 시다.

고향에서 고향 생각하지 마라

그리움은 부재와 결핍이 피워 올리는 뭉게구름

사랑하는 이여

없어야 간절하게 있고, 멀리 있어야 가까이 보인다
　　　　　　　　　　　　　　　　—「고향 생각」 전문

우리네 삶은 물론 시와 모든 예술의 알파요 오메가라고 할 수 있는 그리움을 읊고 있는 시다. 하고많게 생각하고 겪어 온 고향에 대한, 사랑하는 사람에 대한 그리움에 대해 짧고 명쾌하게 답하고 있는 시다.

원래 하나였다가 이제는 헤어진 너와 나의 안타까운 거
리가 그리움을 낳는다. 너와 나의 어찌해 볼 수 없는 그 사
이인 거리가 그리움을 부르는 것이지 함께 있거나 마음대
로 할 수 있다면 그리움이 일 수 없다. 그런 그리움의 속성
은 표현하기 힘들더라도 누구든 겪어 봐서 익히 알고 있을
것이다.

시인은 그런 그리움을 "부재와 결핍이 피워 올리는 뭉게
구름"이란 이미지로 보여 주고 있다. "부재와 결핍"으로 있
어도 없고 금방 사라질 것이지만, 그래도 하염없이 구름처
럼 뭉게뭉게 피어오르는 것이 그리움이므로 우리는 그런 그
리움의 삶을 살아 내고 있지 않은가. 아프더라도 그런 그리
움의 삶이 삶을 삶답게 하고 있지 않은가.

동갑내기 기형도를 읽는 밤
겨울비 하염없다

누군가
짧은 생애를 끌고 골목길을 휙, 지나가 버린다

—「기형도」전문

제목처럼 기형도 시인과 그의 시를 추도하고 있는 시다.
두 연, 네 행으로 짧게 "휙, 지나"가고 있는 듯한 시이지만
그 여운만큼은 "하염없다". (비록 생면부지인 것으로 알고

있지만) 김 시인은 동갑내기인 기 시인의 짧은 생애에 한없
는 연민과 안타까움을 드러내고 있는 것으로 읽힌다.

기형도는 1989년 서른도 못 채운 꽃다운 나이로 타계했
다. "잘 있거라, 더 이상 내 것이 아닌 열망들아// …(중
략)…// 가엾은 내 사랑 빈집에 갇혔네"(「빈집」)라며 사랑과 그
리움에 작별을 고하고 떠났다. 유고 시집인 『입 속의 검은
잎』이 나오자 당시 정치와 사회 현실 비판의 민중시에 압도
당하던 시단과 독자들은 젊음의 꽃다운 방황과 그리움의 깊
이를 보여 주는 시의 본래적 위의에 하염없이 빠져들었다.

"열무 삼십 단을 이고/ 시장에 간 우리 엄마/ 안 오시네,
해는 시든 지 오래/ 나는 찬밥처럼 방에 담겨/ 아무리 천천
히 숙제를 해도/ 엄마 안 오시네".

기 시인의 시 「엄마 생각」 앞부분이다. 동갑내기 시인이
고 제목의 '생각'이 같아서인가. 앞에서 살핀 김 시인의 시
「고향 생각」을 읽으니 「엄마 생각」이 자꾸 떠오른다. 두 시
모두 우리네 원초적인 그리움의 가없는 깊이를 보여 주고
있기 때문일 게다.

> 다사로운 봄날 돌담 길을
> 늙은 할아버지와 어린 손자가 꼬옥 팔짱을 끼고
> 서로 뭐라 뭐라 주고받으며 아장아장 걸어간다
> 순진무구의 시작과 끝인 저들은
> 세상에 둘도 없는 단짝이다
>
> ─「단짝」 전문

5행으로 된 짧은 시다. 앞 세 행에서는 할아버지와 어린 손자의 동행을 사실감 있게 그리고 있다. 삶의 온갖 시름을 겪고 나서 나이 들면 다시 어린애 같은 순진무구로 돌아가는 게 섭리 아닌가. 그런 섭리의 사실을 한 장면으로 보여주고, 뒤에서는 그래서 서로가 아름다운 '단짝'임을 명명·평가하고 있다.

그런데도 할아버지와 손자 둘만의 풍경과 평가가 아니라 온 우주의 모든 풍경이 그런 단짝임으로 확산되어 나가고 있다. "서로 뭐라 뭐라 주고받으며 아장아장 걸어간다"는 역동적인 표현과 하고많은 사연을 "뭐라 뭐라"라는 한마디로 압축했기에 그런 우주적으로 확산되는 깊이와 감동이 우러나는 것이다.

이렇듯 김 시인은 이번 시집 『짧다』에서 짧은 시로 둔중한 울림과 긴 여운을 주고 있다. 이게 본래의 시의 모습이고 효험이며 위의 아니겠는가. 앞으로도 시류에 휩쓸리지 말고 계속 이런 정곡에 가닿거나 찌르는 짧은 시로 진짜 우리 시의 위의를 되찾는 큰 시인이 되길 빈다.